TRIBUNAL DE COMMERCE DE ROUEN

NOTE

SUR

LA DIRECTION ET LA SURVEILLANCE

DES FAILLITES

Par MM. les Juges-Commissaires

ROUEN

IMPRIMERIE CH.-F. LAPIERRE

1, RUE SAINT-ÉTIENNE-DES-TONNELIERS, 1

1877

TRIBUNAL DE COMMERCE DE ROUEN

NOTE

SUR

LA DIRECTION ET LA SURVEILLANCE

DES FAILLITES

Par MM. les Juges-Commissaires

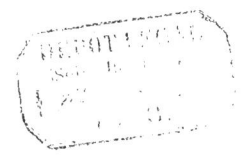

ROUEN

IMPRIMERIE CH.-F. LAPIERRE

1, RUE SAINT-ÉTIENNE-DES-TONNELIERS, 1

—

1877

NOTE

SUR LA

DIRECTION & LA SURVEILLANCE DES FAILLITES

Par MM. les Juges-Commissaires

Quoique le Code de commerce ait tracé d'une manière fort complète les droits et les devoirs des juges consulaires appelés, en qualité de commissaires, à imprimer une marche rapide aux opérations des faillites, à veiller aux intérêts des créanciers, à protéger le failli contre d'inutiles rigueurs, et à contrôler les actes des syndics, il a néanmoins paru utile de rassembler dans un même cadre, sous la forme d'instructions, toutes les obligations qui leur sont imposées, afin d'en faciliter l'exécution aux juges nouvellement élus.

D'après l'art. 452 dudit Code, le juge-commissaire étant chargé spécialement d'accélérer les opérations de la faillite, l'initiative de toutes les convocations de créanciers, soit pour syndicat définitif, vérifications de créances, délibérations, ou concordat, doit toujours émaner de lui, et non des syndics dont les fonctions sont restreintes par la loi à la gestion seulement. *Du jugement déclaratif de faillite.*

Aussitôt le jugement déclaratif prononcé, si l'actif de la faillite peut être inventorié dans un seul jour, le syndic, afin d'éviter une *Dispense de scellés.*

apposition de scellés onéreuse pour la masse, présente au juge-commissaire une requête tendant à être dispensé de cette formalité (2ᵉ paragraphe de l'art. 455).

Cette requête, comme toutes celles qui pourront lui être présentées dans le cours d'une faillite, doit être faite en double expédition, l'une sur papier timbré, et l'autre sur papier libre.

Dépôt au Greffe du double des requêtes.

Le juge-commissaire apposera son ordonnance signée au bas de chacune d'elles, et déposera au greffe celle sur papier libre, pour être jointe au dossier de la faillite, afin d'y avoir recours au besoin.

Des scellés, de l'inventaire et du gardien des scellés.

Si au contraire l'actif ne peut être inventorié en un seul jour, l'apposition des scellés et l'inventaire par le juge de paix deviennent de rigueur (1ᵉʳ paragraphe de l'art. 455), mais, dans ce cas, le juge-commissaire doit exiger du syndic que le failli, ou une personne habitant la maison, soit institué gardien de douceur, et rejeter du compte de gestion tous frais de gardiennage qu'il n'aurait pas préalablement autorisés par une ordonnance motivée.

Du syndicat définitif.

Dans un délai qui n'excèdera pas 15 jours à partir de l'ouverture de la faillite, et si l'actif le permet, le juge-commissaire convoquera les créanciers à l'effet de les *consulter*, tant sur la composition de l'état des créanciers présumés, que sur la nomination des nouveaux syndics (art. 462).

L'établissement et la marche régulière de la comptabilité des faillites nécessitant de nombreuses et importantes formalités, le Tribunal, pour en assurer la complète exécution, s'est déterminé à confier de préférence la gestion des faillites aux personnes accréditées près de lui ; MM. les juges-commissaires, secondant les vues du Tribunal, dont ils apprécieront bientôt toute l'utilité, devront donc, tout en consultant les créanciers, ne proposer comme syndic définitif que l'agréé déjà syndic provisoire, ou tout autre agréé,

dans les cas où le remplacement de celui-ci serait jugé néces-
saire.

Si cependant il était reconnu que l'intervention d'un créancier
ayant des connaissances spéciales, fût indispensable à la bonne
gestion de la faillite, le juge-commissaire, dans son rapport, pourrait proposer au Tribunal de l'adjoindre, comme syndic, au syndic
agréé ; mais comme l'expérience a démontré que le zèle des syndics
créanciers était loin de se soutenir, et que le plus souvent, au lieu
d'aider, ils entravaient la marche de la faillite, il devra être fort
sobre de semblables propositions.

Le juge-commissaire devra, dans la quinzaine qui suivra la
nomination des syndics définitifs, *exiger d'eux* un rapport en
double expédition, sur l'état apparent de la faillite, ses principales
causes et sur les caractères qu'elle paraît avoir ; l'un de ces rapports
sera immédiatement transmis par lui au Procureur de la République
(art. 482) et l'autre déposé au greffe dans le dossier de la faillite.

Du rapport de
quinzaine à trans-
mettre au Procureur
de la République
par le
Juge-Commi ssaire.

Il devra également, dans le même délai, *exiger des syndics* la
production et le dépôt au greffe d'un bilan dressé à l'aide des livres
et des renseignements qu'ils pourront se procurer, lequel devra
contenir, autant que possible, toutes les énonciations prescrites par
l'art. 439.

Du bilan rectifié.

Ce bilan, qui d'après l'art. 476 n'est obligatoire que dans le cas
où il n'en aurait pas été déposé par le failli, devra néanmoins en
toute circonstance être exigé des syndics ; celui déposé par les
faillis, en même temps que leur déclaration de cessation de
paiement, étant toujours inexact et fait uniquement pour échapper
à l'incarcération.

Ce bilan rectifié, qui devra contenir très-exactement et spécialement toutes les valeurs mobilières et immobilières composant
l'actif de la faillite, ainsi que l'état nominatif de tous les débiteurs

du failli, est d'une grande importance ; aussi MM. les juges-commissaires devront appeler devant eux le failli et quelques-uns des principaux créanciers afin d'en constater l'exactitude.

Ce point de départ bien établi, le seul qui soit à leur disposition, il leur sera facile de suivre toutes les opérations du syndic, et de s'assurer, par l'examen des feuilles hebdomadaires contenant les recettes et les dépenses de chaque faillite, que celui-ci est tenu de déposer au greffe, à la comptabilité générale, si les recouvrements sont faits exactement, et de se faire rendre compte des motifs qui empêcheraient l'encaissement de quelques créances.

De l'exploitation du fonds de commerce du failli. Dans certaines faillites les syndics, croyant agir dans l'intérêt de la masse qu'ils représentent, demandent, par requête aux juges-commissaires, à être autorisés à continuer l'exploitation du commerce du failli.

Sauf quelques rares exceptions, il a été reconnu que toutes ces exploitations étaient généralement onéreuses aux faillites ; que, pour les filatures, mieux valait supporter les frais d'entretien des métiers, que de contracter des marchés à façon avec toutes les conditions qu'ils comportent, comme de rendre poids pour poids et de supporter les déchets dont on ne peut jamais calculer l'importance ; que, pour les entreprises de travaux publics ou particuliers, pour construction de routes ou édification de bâtiments, il était plus avantageux de confier à d'autres entrepreneurs l'achèvement des travaux soumissionnés, que d'entreprendre leur terminaison par les soins des syndics au compte et aux risques de la masse ; que, quels que soient le zèle et l'habileté des syndics, il leur était impossible, faute de temps suffisant ou faute de connaissances spéciales, de surveiller toutes ces exploitations, et que trop souvent ils étaient mal secondés par le failli lui-même, ou par les employés qu'ils étaient obligés de se substituer.

D'après toutes ces considérations, MM. les juges-commissaires ne devront accorder l'autorisation demandée que lorsqu'il aura été bien prouvé que les intérêts de la masse n'ont rien à redouter de l'emploi d'une telle mesure (art. 469 et 470).

MM. les juges-commissaires veilleront à ce que les deniers provenant des ventes et des recouvrements soient immédiatement versés à la Caisse des dépôts et consignations; à ce que les syndics ne puissent conserver en leurs mains au-delà de 500 fr. par chaque faillite, et à ce que toutes les répartitions de dividendes, tous paiements excédant 100 fr., sauf ceux à faire aux ouvriers en cas d'exploitation, soient effectués au moyen de mandats sur le receveur général (art. 489).

Du dépôt des deniers à la Caisse des consignations, et des paiements à effectuer par cette Caisse.

Les frais de greffe seront également soldés à la fin de chaque faillite, par un mandat sur le receveur général.

Du mode de paiement des frais de greffe.

Les dépôts à la Caisse des consignations de fonds provenant de chaque faillite, auront lieu sur une ordonnance du juge-commissaire, contresignée par le président du Tribunal ou par le juge délégué; lors du premier versement, l'ordonnance devra être sur papier timbré, mais, pour tous les autres versements, elles seront faites sur papier libre seulement.

MM. les juges-commissaires pourront vérifier si les versements par eux ordonnés ont été exactement faits par les syndics, en consultant le bordereau mensuel délivré par la recette à la comptabilité générale des faillites.

Ils pourront également et constamment se rendre compte de la position financière de chaque faillite, en prenant connaissance des feuilles hebdomadaires des syndics, et surtout des balances mensuelles établies par la comptabilité générale.

Après l'expiration du délai de vingt jours prescrit par l'art. 492 pour le dépôt aux mains des syndics des titres de créances, le juge-

Des assemblées pour vérification et affirmation des créances.

commissaire, aux jour et heure par lui indiqués dans les lettres de convocation et dans les insertions, tiendra l'assemblée pour leur vérification (art. 492 et 493).

Si la créance est admise, le juge-commissaire écrira sur le titre : *Vu et affirmé*, et apposera sa signature (art. 497).

Du renvoi devant le Tribunal des créanciers dont les créances sont contestées. Si la créance est contestée, il ne devra pas permettre qu'il soit fait des réserves au procès-verbal, mesure qui avait lieu autrefois, et qui, en outre de son illégalité, avait le grave inconvénient d'entraver la terminaison de la faillite et de grever la masse de frais inutiles pour en faire prononcer la main-levée, mais, se conformant à l'art. 498, il renverra, *à jour fixe et sans citation*, devant le Tribunal qui statuera sur le rapport qu'il déposera au greffe, après avoir préalablement entendu le syndic et le créancier présumé.

Afin que ce renvoi soit utilisé, il veillera à ce que le syndic fasse placer la cause au rôle pour le jour qu'il aura indiqué.

Préalablement aux affirmations, pour toute créance qui sera contestée, le syndic devra joindre au bordereau une note mentionnant la nature de la contestation ; cette note devra y rester annexée jusqu'à solution du différend.

Du dépôt des procurations des mandataires. Lorsque des créanciers se seront fait représenter par mandataires aux assemblées pour vérification de créances, il ne devra admettre l'affirmation de ceux-ci, qu'autant qu'ils auront déposé leur procuration aux mains du commis-greffier.

De la clôture du procès-verbal des affirmations. Si le nombre des créanciers est trop considérable pour pouvoir procéder en une seule séance à la vérification des créances, le juge-commissaire pourra faire convoquer à nouveau les créanciers retardataires une deuxième et même une troisième fois, si besoin est; mais, lors de cette dernière assemblée, il fera clore le procès-verbal d'affirmation, et les créanciers qui ne se seraient pas présentés ne pourront être admis qu'après s'être fait relever par le Tribunal, et à leurs frais, de la déchéance par eux encourue.

La police des assemblées de faillites appartient à MM. les juges-commissaires, mais, afin que leur caractère ne puisse être méconnu, ils devront toujours être revêtus de leur costume, signe distinctif de leurs fonctions ; ceux qui troubleraient la séance, qui résisteraient à l'expulsion ordonnée par le juge-commissaire, ou qui se livreraient envers lui à des outrages par gestes et menaces, pourront, sur son ordre, être saisis et déposés à l'instant dans la maison d'arrêt, interrogés dans les 24 heures et condamnés, sur le vu de son procès-verbal constatant le délit, à une détention d'un mois à deux ans.

De la police des assemblées de faillites.

Dans les trois jours qui suivront la clôture des affirmations, le juge-commissaire fera convoquer par lettres et par insertions, tous les créanciers vérifiés et affirmés, à l'effet de délibérer sur la formation du concordat (art. 504).

De l'assemblée pour concordat.

Le failli sera appelé à cette assemblée par acte extra-judiciaire ; il devra s'y trouver en personne et ne pourra s'y faire représenter que pour des motifs valables et approuvés par le juge-commissaire (art. 505).

Le failli doit y être appelé.

MM. les juges-commissaires veilleront à ce que le rapport que les syndics sont tenus de faire aux créanciers dans l'assemblée pour concordat (art. 506) soit déposé au greffe et mis à leur disposition, cinq jours avant la séance.

Du rapport du Syndic et du dépôt qui doit en être fait au Greffe.

Le concordat ne peut être obtenu que par le concours d'un nombre de créanciers délibérants formant la majorité et représentant en outre les trois quarts en somme de toutes les créances

Des conditions d'obtention du concordat.

2

chirographaires vérifiées et affirmées (art. 507). Les créanciers hypothécaires, privilégiés, ou nantis de gages, ne peuvent prendre part au concordat qu'en renonçant ou en perdant tous leurs droits d'hypothèques, gages, ou de priviléges (art. 508).

Du renvoi à huitaine dans le cas où une seule majorité serait obtenue.

Si le failli n'a obtenu que l'une des majorités prescrites par l'art. 507, le juge-commissaire renverra la délibération à huitaine pour tout délai (art. 509).

Le concordat devra être signé séance tenante, à peine de nullité.

Le concordat obtenu devra, à peine de nullité, être signé séance tenante (art. 509). En conséquence, le juge-commissaire donnera l'ordre au concierge de ne laisser sortir aucun créancier jusqu'à ce que cette formalité ait été accomplie.

Du rapport du Juge-commissaire sur l'admissibilité du concordat.

Le juge-commissaire fera au Tribunal un rapport sur les caractères de la faillite et sur l'admissibilité du concordat (art. 514).

De l'homologation du concordat et du compte à rendre au failli.

Après l'homologation du concordat, les syndics rendront leur compte au failli en présence du juge-commissaire qui en dressera procès-verbal (art. 519).

Cette formalité exigée par la loi n'est pas toujours facile à remplir : le failli-concordataire, malgré la sommation qui lui est faite, ne se présentant pas toujours, soit qu'il ait changé de résidence, soit qu'il n'ait rien à toucher du syndic; dans ce cas, le juge-commissaire, pour ne pas laisser subsister sur son répertoire et sur la comptabilité générale une faillite entièrement terminée, devra examiner le compte du syndic et, s'il l'approuve, dresser également le procès-verbal, mais en mentionnant que le failli, quoique appelé, ne s'est pas présenté.

Lorsque les opérations de la faillite seront arrêtées par insuffisance d'actif, le juge-commissaire adressera son rapport au Tribunal qui prononcera la clôture de la faillite (art. 527).

De la clôture de la faillite pour cause d'insuffisance d'actif

Si la clôture de la faillite a lieu avant qu'il n'ait été procédé à la nomination du syndic définitif, tous les frais de jugement, de déclaration de faillite, d'affiche de ce jugement et de son insertion dans les journaux, d'apposition des scellés, d'arrestation et d'incarcération, y compris les frais d'aliments, seront remboursés par le Trésor (art. 461), conformément au décret du 18 juin 1811, relatif aux frais de justice criminelle, au moyen d'un mandat délivré par le juge-commissaire sur le receveur de l'enregistrement; et, dès que la faillite possédera des fonds suffisants pour rembourser ces avances, le même juge-commissaire ou celui qui l'aura remplacé délivrera, au nom de l'administration des domaines et de l'enregistrement, une ordonnance pour en prescrire le remboursement sur les deniers de la faillite.

En cas de clôture faute d'actif, les premiers frais de la faillite sont supportés par le Trésor. Du remboursement à l'Etat de ces mêmes avances.

Si la clôture doit être prononcée après la nomination du syndic définitif, ce qui fait supposer qu'il a existé des fonds suffisants pour accomplir non-seulement cette formalité, mais encore pour solder toutes les dépenses antérieures, le remboursement des frais ne peut être réclamé au Trésor, et le juge-commissaire doit exiger du syndic un compte détaillé établissant l'impossibilité de continuer les opérations de la faillite, lequel sera annexé au rapport du juge-commissaire tendant à la clôture de la faillite.

S'il résulte du compte du syndic une balance en faveur de la faillite, le dépôt devra en être fait par lui à la Caisse des consignations.

La comptabilité générale des faillites présentant constamment la position financière de chacune d'elles, le juge-commissaire pourra toujours s'assurer s'il existe ou non une somme suffisante pour terminer les opérations.

Il arrive quelquefois cependant que, quoiqu'il n'apparaisse sur la comptabilité des faillites, rien ou presque rien à l'actif d'une faillite, il existe cependant, soit en créances litigieuses à recouvrer, soit en meubles ou immeubles à réaliser, des sommes plus que suffisantes pour achever toutes les formalités de la faillite et la conduire à sa fin. Le juge-commissaire pourra toujours s'assurer de l'existence de ces ressources en consultant le syndic, le bilan rectifié, et le livre d'inspection de la comptabilité des faillites, sur lequel toutes ces circonstances se trouvent consignées.

Trop souvent des commerçants en état de cessation de paiement, ayant épuisé toutes leurs ressources, ne recourent à la faillite que pour échapper aux poursuites de leurs créanciers et alors déposent au greffe un simulacre de bilan ; une fois protégés par le jugement déclaratif de faillite, ils n'ont plus qu'un désir, celui de perpétuer cet état de choses, qui les débarrasse de leurs dettes et assure leur tranquillité.

Si l'article 443 du Code de commerce prive les créanciers du droit de poursuite individuelle contre leur débiteur failli, c'est à la condition que les opérations de la faillite marcheront avec une convenable célérité et autant que possible dans les délais impartis par la loi ; MM. les juges-commissaires veilleront donc à ce que l'abus qui vient d'être signalé ne puisse se produire, et après un avertissement donné sans succès au failli, devront immédiatement faire clore la faillite (art. 527).

Du rapport du Jugement de clôture en cas d'actif ou de dépôt de fonds. Lorsque le failli ou tout autre intéressé voudra faire rapporter le jugement de clôture, le juge-commissaire veillera à ce qu'il soit versé aux mains du syndic somme suffisante, tant pour faire face aux opérations de la faillite, que pour acquitter les frais de poursuite qui auraient eu lieu entre la clôture et la réouverture de la faillite (art. 528).

S'il n'intervient pas de concordat, les créanciers sont de plein droit en état d'union (art. 529).

De l'union.

Le juge-commissaire devra consulter les créanciers sur le maintien ou le remplacement des syndics.

Du maintien ou du remplacement du Syndic.

Les syndics remplacés devront rendre compte aux nouveaux syndics en présence du juge-commissaire, le failli dûment appelé (art. 529).

Du compte à rendre par le Syndic remplacé.

Les créanciers seront consultés sur la question de savoir si un secours sera accordé au failli sur l'actif de la faillite. Si la majorité y consent, le syndic en proposera la quotité qui sera fixée par le juge-commissaire, sauf recours au Tribunal de la part d'un syndic seulement (art. 530). ·

Du secours qui peut être accordé au failli.

Toute délibération des créanciers en état d'union, tendant à autoriser le syndic à continuer l'exploitation du commerce du failli, et à déterminer les sommes qu'il pourra garder en ses mains à l'effet de pourvoir aux frais et dépenses, ne pourra être prise qu'en présence du juge-commissaire et à la majorité des trois quarts des créanciers en nombre et en somme (art. 532).

De l'exploitation du commerce du failli par les créanciers en état d'union.

Contrairement à ce qui a lieu pour la formation du concordat, les créanciers privilégiés, hypothécaires ou nantis de gages, sont admis à prendre part à toutes délibérations de créanciers en état d'union (art. 529), et cette différence se conçoit, puisque dans le premier cas ils sont sans intérêt à cause de leur privilège, tandis que dans le second, ils en ont un immense à intervenir dans les délibérations relatives au choix du mode de réalisation d'un actif qui doit les solder avant toutes autres créances.

L'article 532 considérant avec raison l'exploitation du commerce du failli comme une entreprise rarement fructueuse pour la masse, exige pour cette autorisation une majorité plus forte que pour toutes les autres opérations de la faillite ; elle ne peut être valable qu'autant qu'elle a été votée par les trois quarts des créanciers en nombre et en somme, non plus seulement comme à la formation du concordat des créanciers présents à la délibération, mais de tous les créanciers inscrits quelle que soit d'ailleurs la nature de leur créance.

De la vente des meubles et immeubles du failli après l'union. Les syndics sont chargés de poursuivre la vente des immeubles, marchandises et effets mobiliers du failli, et la liquidation de ses dettes actives et passives, le tout sous la surveillance du juge-commissaire (art. 534).

De la vente des meubles et marchandises avant le concordat. La vente des effets mobiliers et des marchandises peut également avoir lieu pendant le cours de la faillite, s'il n'existe pas de fonds suffisants pour en continuer les opérations jusqu'au concordat ; dans ce cas, le juge-commissaire, après avoir entendu le failli, ou celui-ci dûment appelé, décidera si la vente sera faite à l'amiable ou aux enchères publiques en désignant la classe d'officiers publics qui devra y procéder (art. 486).

De la convocation des créanciers pendant la durée de l'union. Le juge-commissaire devra convoquer les créanciers en état d'union au moins une fois dans la première année, et s'il y a lieu dans les années suivantes.

Du compte de situation à rendre par le Syndic. Dans ces assemblées les syndics devront rendre compte de leur gestion.

Du maintien ou du remplacement du Syndic. Ils seront continués ou remplacés dans l'exercice de leurs fonctions suivant les formes prescrites par les art. 462 et 529 (art. 536).

La liquidation de la faillite terminée, les créanciers seront convoqués par le juge-commissaire.

De la convocation des créanciers après la terminaison de la liquidation.

Dans cette dernière assemblée le syndic rendra son compte, le failli dûment appelé.

Du compte définitif du Syndic.

Les créanciers donneront leur avis sur l'excusabilité du failli ; il sera dressé à cet effet un procès-verbal dans lequel chacun des créanciers pourra consigner ses dires et observations.

De l'excusabilité du failli.

Après la clôture de cette assemblée, l'union sera dissoute de plein droit (art. 537).

De la clôture de l'union.

Le juge-commissaire présentera au Tribunal la délibération des créanciers relative à l'excusabilité du failli, et un rapport sur le caractère et les circonstances de la faillite, et le Tribunal prononcera si le failli est ou non excusable (art. 538).

Du rapport du Juge-Commissaire sur l'excusabilité du failli.

Tous les fonds provenant de la liquidation de l'union seront déposés à la Caisse des consignations, et la répartition en sera faite aux créanciers au moyen de mandats sur le receveur général.

Du dépôt à la Caisse des consignations des fonds provenant de la liquidation et de leur répartition.

L'article 537 précité se borne à déclarer l'union dissoute après l'assemblée pour compte définitif, et comme conséquence rend à chaque créancier le droit de poursuite, contre les biens de son débiteur, mais cet article ni aucun autre ne statue rien relativement à la possibilité d'une réouverture de l'union, dans le cas où d'une manière quelconque un nouvel actif viendrait à se produire.

Cette question importante a été longtemps controversée. Les uns prétendaient que l'union une fois dissoute ne pouvait plus être réouverte ; qu'il n'y avait plus ni juge-commissaire ni syndic ; que l'action du Tribunal avait cessé, sans pouvoir renaître, et que les

De la réouverture de l'union dans le cas d'un nouvel actif.

créanciers individuellement pouvaient seuls exercer des poursuites contre leur débiteur.

D'autres soutenaient qu'un système aussi absolu était trop contraire à la raison et à l'équité pour être admissible ; qu'interdire la réouverture de l'union, c'était accorder un avantage immense au mieux renseigné ou au plus diligent, et détruire ainsi cette maxime si sage consacrée par la loi, que dans un désastre commun le sort de tous les intéressés doit être égal.

Qu'il est de principe que ce qui n'est pas interdit par les lois est permis.

Que l'article 537, en décidant qu'après la reddition du compte du syndic, l'union était dissoute de plein droit, n'a eu seulement en vue que de rendre aux créanciers comme au failli toute leur liberté d'action sans rien préjuger sur ce qui pourrait être fait, dans le cas où des bénéfices, des successions, ou des donations pourraient advenir à celui-ci.

Car le failli en état d'union, dissoute ou non, ne se trouve pas condamné, pour subvenir à son existence et à celle de sa famille, à ne travailler que manuellement ; il peut, s'il trouve des ressources ou du crédit, se livrer de nouveau au commerce et contracter des obligations ; il peut acquérir des biens, les revendre, conférer hypothèque, agir enfin comme au temps où il était *in bonis ;* seulement, comme il n'est pas protégé par un concordat, ses créanciers auront toujours le droit de s'emparer du nouvel actif qu'il a pu conquérir par son industrie, ou qui a pu lui arriver par succession, afin de se faire payer en capital et intérêts de ce qu'il reste leur devoir ; après toutefois que les nouveaux créanciers qui ont concouru à la formation de cet actif auront été désintéressés, les anciens créanciers ne pouvant équitablement exercer leur droit que sur ce qui appartient réellement à leur débiteur.

Que souvent on a vu des créanciers d'une union dissoute, venir eux-mêmes indiquer au syndic la présence d'un actif, et provoquer la réouverture de l'union, qui ne pouvait leur donner, sous forme de dividende, qu'une fraction du restant de leur créance, plutôt que de tenter d'obtenir le tout, en agissant personnellement, déterminés qu'ils étaient par cette pensée toute morale, que l'actif de leur débiteur était le gage de tous, et non celui d'un seul, ou de quelques-uns seulement.

Par fois l'ancien syndic de l'union, mieux instruit que les créanciers eux-mêmes de la parenté et des ressources du failli, découvrant un nouvel actif, a considéré comme un devoir de poursuivre la reconstitution de l'union, afin de distribuer au marc le franc à tous les créanciers, le produit de sa réalisation.

Cette manière de procéder est en tout point conforme à l'esprit de la loi.

Une faillite ne peut-elle, faute d'actif suffisant, accomplir toutes les opérations ? L'article 527 offre le moyen de la clore et de rendre à chaque créancier le droit de poursuite individuelle.

Plus tard, un actif apparaît-il ? L'article 528 donne la possibilité de réouvrir la faillite et d'en continuer les opérations.

Pourquoi dans l'union n'en serait-il pas ainsi ? L'actif dépendant de l'union est épuisé par les répartitions; il devient inutile de le maintenir, et, le compte définitif rendu, la loi en prononce la dissolution.

Mais s'il surgit un nouvel actif, qui s'oppose à ce que cette union, qui a un but et un aliment nouveau, soit réouverte et qu'il soit procédé à de nouvelles distributions? Puisque dans ces deux situations parfaitement identiques, l'intérêt et les droits de tous les créanciers se trouvent également respectés.

Si, au contraire, on laisse chaque créancier agir en son nom personnel, ce nouvel actif peut se trouver absorbé ou considérablement amoindri par les frais judiciaires que tous les intéressés seront contraints de faire pour y prendre part, et il en résultera que ce qui

3

devait être un avantage pour tous, ne le deviendra en réalité pour personne.

Plusieurs Tribunaux de commerce, et notamment celui de Rouen, ont toujours favorablement accueilli ces dernières considérations et ont prononcé la réouverture de l'union chaque fois qu'un nouvel actif leur a été signalé.

Du compte définitif gratuit.

Le législateur, prévoyant le cas où le résultat de la liquidation de l'union serait improductif pour les créanciers, et voulant néanmoins que les formalités prescrites par la loi soient exactement remplies, et que l'on pût en toute circonstance arriver à la dissolution de l'union, a permis, dans ce cas seulement, que le compte définitif que le syndic doit présenter aux créanciers lors de la dernière assemblée fût rendu gratuitement.

MM. les juges-commissaires devront donc veiller à ce que les faillites en état d'union qui se trouveraient dans cette situation soient promptement terminées au moyen du mode ci-dessus indiqué.

Mais si, au contraire, l'actif de l'union s'était trouvé épuisé par suite de répartitions, le compte définitif devrait être rendu aux frais des créanciers, lesquels seraient obligés de rapporter au marc le franc de leur créance, somme suffisante pour couvrir les dépenses qu'entraîne cette formalité.

Des secours à donner au failli pendant le cours de la faillite.

Dans l'ancienne loi sur les faillites, des secours n'étaient alloués au failli qu'en cas d'union seulement ; le nouveau Code de commerce, déterminé par un juste motif d'humanité, a permis que dès le commencement de la faillite, des secours pussent être accordés au failli pour subvenir à ses besoins et à ceux de sa famille (art. 474) ; la faculté d'accorder ou de refuser un secours alimentaire est laissée à l'appréciation du juge-commissaire qui, pour la fixation de la quotité, devra prendre en considération le produit présumé de l'actif de la faillite.

Si le failli est employé par le syndic pour faciliter et éclairer la gestion, le juge-commissaire fixera les conditions de son travail (art. 488), mais dans ce cas le secours alimentaire cesserait et serait remplacé par la rétribution arbitrée par le juge-commissaire.

Si le jugement déclaratif de faillite a ordonné le dépôt de la personne du failli dans la maison d'arrêt, le juge-commissaire pourra proposer au Tribunal de lui accorder un sauf-conduit provisoire avec ou sans caution (art. 472). *Du sauf-conduit.*

Il n'a été fait mention jusqu'ici que des deux modes le plus généralement employés pour arriver à la terminaison des faillites, c'est-à-dire du concordat à dividende fixe et du contrat d'union; mais il en existe quelques autres qu'il importe également de faire connaître, afin que MM. les juges-commissaires puissent savoir de quelle manière ils doivent être régis.

Si le commerçant qui est parvenu à dissimuler à ses créanciers le mauvais état de ses affaires ne peut être admis à profiter du bénéfice de l'article 1268 du Code civil, relatif à la cession de biens, il n'en est pas ainsi lorsqu'il a été déclaré en état de faillite et qu'après l'accomplissement des formalités il se trouve en présence de ses créanciers lors de l'assemblée pour concordat; il peut, à ce moment, non leur imposer la cession de ses biens, mais leur faire la proposition de leur abandonner tout ou partie de ses biens meubles et immeubles, avec le pouvoir de les réaliser et de s'en partager le produit au marc le franc de leur créance.

Si les créanciers acceptent la proposition du failli, il intervient alors entre eux un contrat, que l'on appelle *concordat-cession ou par abandon*, lequel participe tout à la fois du concordat à dividende fixe en ce qu'il met le failli à l'abri de toutes poursuites sur ses biens, sauf le cas de meilleure fortune; et du contrat d'union par l'abandon qu'il fait de tout ou partie de son actif à ses créanciers *Du concordat-cession.*

qui se chargent de la réalisation, et qui veulent bien se contenter de son produit.

Du concordat-cession avec adjonction de dividende. Le concordat, quelquefois, adopte encore une autre forme ; à la cession de biens, acceptée par les créanciers, vient s'ajouter un dividende fixe promis par le failli.

MM. les juges-commissaires devront appliquer aux deux cas ci-dessus indiqués toutes les règles prescrites pour le contrat d'union auquel la loi du 17 juillet 1856 les assimile en ce qui concerne la réalisation et la répartition de l'actif.

Comme on vient de le voir par ce qui précède, les fonctions du juge-commissaire ne se bornent pas à présider les assemblées et répondre à quelques requêtes, la loi lui impose des obligations plus importantes et plus étendues ; gardien des intérêts de tous les créanciers, elle exige de sa part une surveillance active et incessante ; il ne gère pas, cette fonction étant spécialement dévolue aux syndics, mais il doit diriger la faillite et contrôler tous les actes du gérant ; stimuler son zèle, si les opérations ne marchent qu'avec lenteur ; ou en modérer les excès s'il reconnaissait une trop grande propension à intenter des procès d'une réussite incertaine, et, en cas de persistance de sa part, en appeler à la décision des créanciers qu'il convoquerait à cet effet ; enfin exiger de lui l'accomplissement complet et régulier, non-seulement de toutes les formalités prescrites par la loi, mais en outre de toutes celles ordonnées par le Tribunal, et qui sont relatives à la comptabilité des faillites : et si, contre toute attente, il rencontrait de la négligence, de l'opposition ou de la mauvaise volonté, il devrait, s'armant de l'article 467, provoquer le remplacement de ce syndic, en adressant au Tribunal son rapport sur les faits incriminés, lequel statuerait en Chambre de Conseil.

Des honoraires de gestion. L'article 462 dispose que les syndics, à la fin de leur gestion, *pourront* recevoir une indemnité que le Tribunal arbitrera sur le rapport du juge-commissaire.

Pour faciliter à MM. les juges-commissaires la fixation préalable des honoraires des syndics, le Tribunal, dans sa séance du 13 novembre 1877, a adopté les bases suivantes :

ARTICLE PREMIER.

Pour la gestion des faillites confiées aux soins des agréés, comme syndics, ceux-ci ne pourront jamais réclamer des honoraires supérieurs à ceux qui vont être stipulés aux articles 2, 3 et 4 ci-après, et portant seulement sur les faillites dont les passifs n'excèderont pas 100,000 fr., puisque, pour celles d'un passif supérieur, les émoluments des syndics en seront toujours et tout spécialement arbitrés par le Tribunal, le juge-commissaire entendu.

ART. 2.

Les honoraires de la première phase, c'est-à-dire jusqu'au concordat-cession ou contrat d'union, sont fixés à :

150 fr. sur les faillites dont le passif, vérifié et affirmé, n'excédera pas....						10.000 fr.
200	—	—	—	—	s'élèvera. de 10 à	15.000
250	—	—	—	—	15 à	25.000
300	—	—	—	—	25 à	35.000
350	—	—	—	—	35 à	45.000
400	—	—	—	—	45 à	55.000
450	—	—	—	—	55 à	70.000
500	—	—	—	—	70 à	85.000
550	—	—	—	—	85 à	100.000

Les honoraires indiqués au présent article ainsi qu'aux articles suivants auront pour but de rétribuer l'agréé dans la gestion générale de la faillite, sa présence aux appositions de scellés, aux inventaires, aux vérifications de créances, aux assemblées de créanciers, aux ventes d'immeubles et de créances, et généralement toutes les démarches et écritures qu'il aurait à faire dans l'intérêt de la faillite. Il ne sera admis dans les comptes du syndic aucuns autres honoraires, si ce n'est ceux auxquels pourront donner lieu les affaires d'audience concernant la faillite.

En cas de révocation d'un agréé-syndic, d'après les dispositions de l'article 467 de la loi des faillites, il ne lui sera alloué aucuns honoraires.

ART. 3.

En sus des honoraires spécifiés en l'article précédent, il sera encore alloué au syndic une prime sur l'actif brut, sans comprendre, bien entendu, dans cet actif toutes sommes affectées au paiement de créances hypothécaires.

Cette prime se calculera à raison de 3 0/0 sur les recettes brutes, jusqu'à 20,000 fr., et à raison de 2 0/0 sur l'excédant.

Par recettes brutes il est entendu seulement les encaissements faits par le syndic; néanmoins, en cas de concordat à dividende fixe, les fonctions du syndic s'arrêtant là, la susdite prime portera sur le dividende présenté par le rapport du syndic, ayant pour base l'actif existant réellement ou même sur le dividende offert par le débiteur à ses créanciers, lorsque la portion excédant l'importance de l'actif sera garantie par un tiers.

En cas de seconde phase, tout ce qui pourra résulter de l'émolument proportionnel, le syndic ne devra le prélever que sur son compte définitif. Toutefois si ce compte n'est pas rendu dans l'année qui aura suivi l'union ou le concordat-cession, cette année révolue, il sera alors remis un compte de situation par le syndic, et le juge-commissaire, sur l'avis du Tribunal, pourra statuer sur l'opportunité à cette date du paiement de cet émolument.

ART. 4.

En cas de contrat d'union ou de concordat-cession, si la faillite continue à être gérée par le même syndic, il lui sera alloué, pour cette seconde gestion, le quart résultant et des honoraires fixes de la première phase et de ceux proportionnels.

ART. 5.

Le juge-commissaire qui, pour une cause quelconque, trouvera qu'il y a lieu soit de diminuer, soit d'augmenter l'importance des rémunérations applicables par le présent tarif, devra en faire un rapport écrit ou verbal en séance mensuelle, rapport sur lequel le Tribunal arbitrera l'indemnité à allouer, et sa décision sera consignée au livre des délibérations.

ART. 6.

L'indemnité à allouer pour les faillites dont le passif excèdera 100,000 fr. devra toujours être arbitrée par le Tribunal, sur le rapport du juge-commissaire.

ART. 7.

La présente délibération sera imprimée et un exemplaire en sera remis à chacun de MM. les agréés pour qu'ils aient à en tenir état; communication en sera donnée au greffe à tous les justiciables qui en feraient la demande.

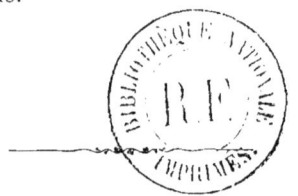

www.ingramcontent.com/pod-product-compliance
Lightning Source LLC
Chambersburg PA
CBHW061747180626
46818CB00006B/2792